Un dinosaure à souper

Gareth Edwards

Illustrations de **Guy Parker-Rees**

Texte français d'Hélène Rioux

N'invite **jamais** un dinosaure à souper.
Non, vraiment, n'invite **jamais** un dinosaure à souper.

Le dinosaure est un animal féroce,
il a des manières atroces.
Tu verras de quoi il est capable...

quand il voudra
    manger la table!

Il grossira et vous, vous maigrirez.
N'invite **jamais** un dinosaure à souper.

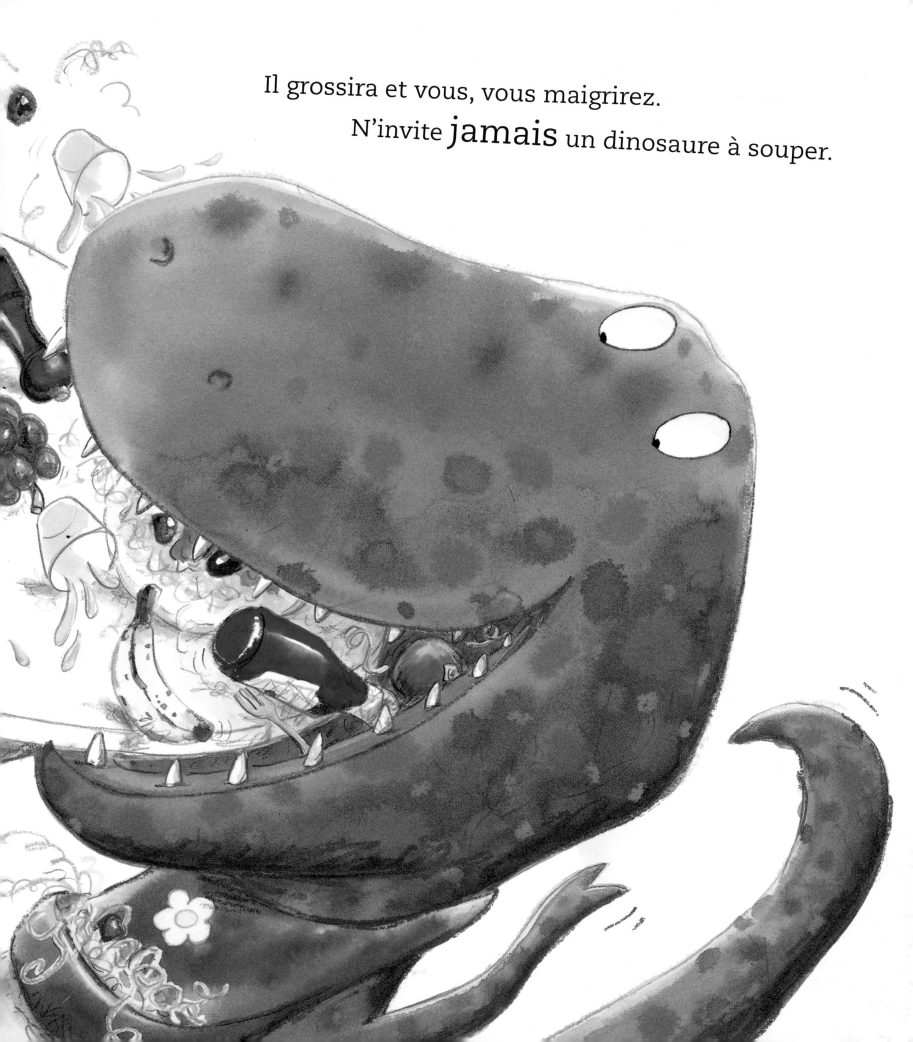

Ne prête **jamais** ta brosse à dents à un requin
qui prend une douche dans ta salle de bains.

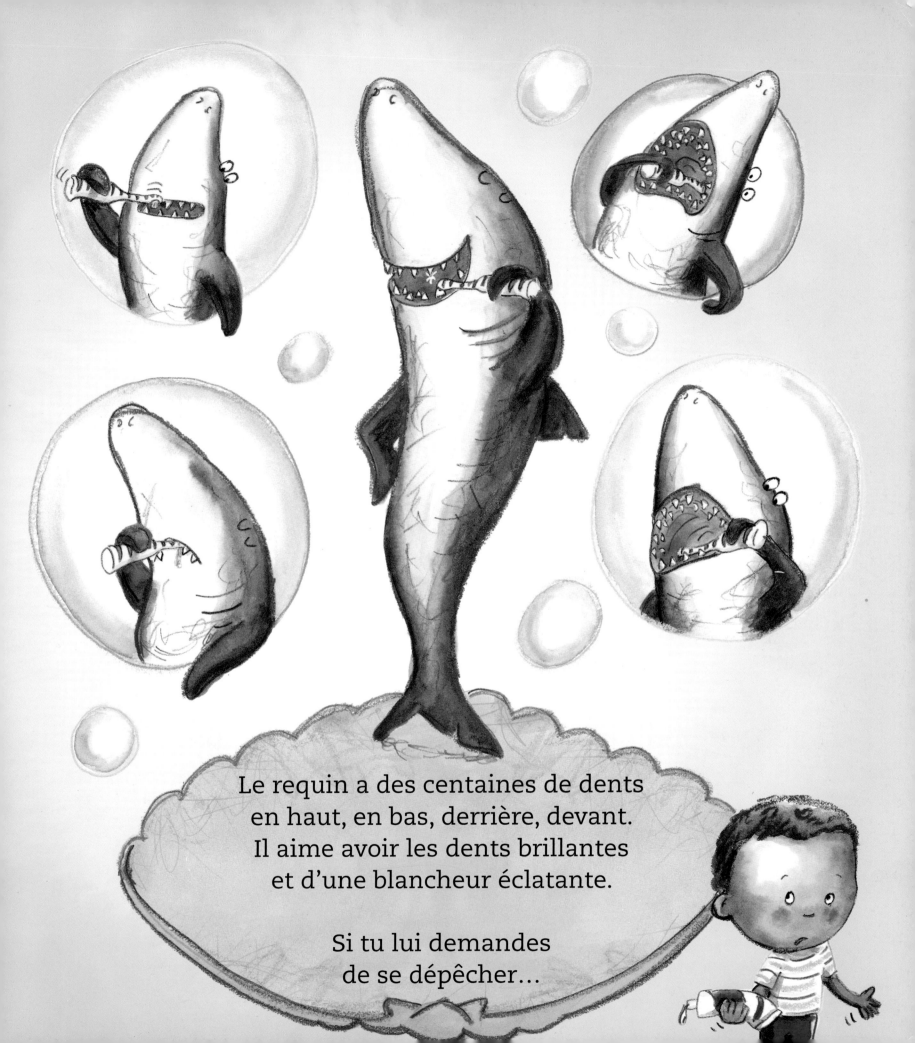

Le requin a des centaines de dents
en haut, en bas, derrière, devant.
Il aime avoir les dents brillantes
et d'une blancheur éclatante.

Si tu lui demandes
de se dépêcher…

il pourrait fort bien t'envoyer promener.

Alors, s'il te plaît, écoute-moi bien.
Ne prête jamais ta brosse à dents à un requin.

Un castor dans un lavabo,
c'est une mauvaise idée.

Non, je t'en prie, ne le laisse
jamais y grimper.

Avec des branches et
de la boue, il le bouchera.

Puis il ouvrira les robinets
et l'eau débordera.

Il construira alors un énorme barrage
et remplira le lavabo de saumons sauvages!

Tu n'auras pas envie de laver
ton visage avec cette eau.

Ne laisse **jamais** un castor grimper dans ton lavabo.

Quand vient le temps de t'essuyer, crois-moi,
le tigre est un très mauvais choix.

Sa fourrure est épaisse, c'est vrai,
mais le tigre est plutôt soupe au lait.
À la moindre contrariété,
il se met à tempêter.

Le cri du tigre s'appelle un feulement.
On a très peur quand on l'entend.

Contente-toi d'une serviette en coton.
Le tigre n'est pas une bonne solution.

Tu as besoin d'une couverture?

Ne choisis pas un bison, je t'assure.

Même si son pelage est chaud et réconfortant,
le bison peut vite devenir intimidant.

Il te donnera
des coups de sabot

et ses cornes
te piqueront le dos.

Le matin venu, tu n'auras pas très envie
qu'il reste plus longtemps dans ton lit.

Un bison, ce n'est pas une couverture;
alors, prends ta doudou, c'est plus sûr.

S'il te plaît, n'invite pas
une chouette sous ta couette.
Je te préviens : ce ne sera
pas chouette!

La chouette est un oiseau nocturne.
Elle chassera les souris au clair de lune.
Elle hululera toute la nuit,
et ton lit sera un vrai fouillis!

À la fin, tu ne voudras plus d'elle.
Tu souhaiteras la voir partir à tire-d'aile.

Alors, voici ce qu'il faut faire pour dormir comme une marmotte.
Voici vraiment ce qu'il faut faire pour dormir comme une marmotte...

Dis **non** au castor, au requin et à la chouette!
Évite le tigre et sers-toi d'une vraie serviette!
Reste loin des dinosaures
et mets le bison dehors!

Ils ne t'aideront pas à faire dodo!

En fait, voici tout ce qu'il te faut...

Contente-toi d'un SEUL ourson...

et d'un troupeau de moutons.

Voilà COMMENT faire de beaux rêves, mon garçon.

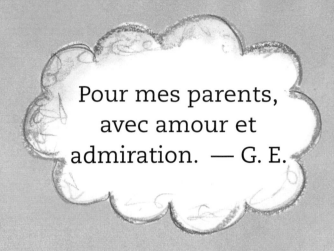

Pour mes parents,
avec amour et
admiration. — G. E.

Pour Monty et
Allegra, le neveu et
la nièce de Peter.
— G. P. R.

Catalogage avant publication de Bibliothèque et Archives Canada

Edwards, Gareth, 1965-
[Never ask a dinosaur to dinner. Français]
Un dinosaure à souper / Gareth Edwards ; illustrations de Guy Parker-Rees ;
texte français d'Hélène Rioux.

Traduction de : Never ask a dinosaur to dinner.
ISBN 978-1-4431-5349-2 (couverture souple)

I. Parker-Rees, Guy, illustrateur II. Rioux, Hélène, traducteur III. Titre.
IV. Titre: Never ask a dinosaur to dinner. Français.

PZ26.3.E37Din 2016   j823'.92   C2015-908351-6

Édition publiée par les Éditions Scholastic, 604, rue King Ouest, Toronto (Ontario) M5V 1E1

5 4 3 2 1   Imprimé en Malaisie 108   16 17 18 19 20